和《なご》やかな気持になるように

のがわ のりこ
NOGAWA Noriko

文芸社

目次

春 -Spring- 9

夏 -Summer- 27

春

-Spring-

響き

川のしぶき
風の音
軽い太陽
ゆする木々

小さな町にも
春が　やってきた

芝桜も咲き
暑い日も間近

畑の中も
まあるい種と
黒い土が調和して
育っている

和《なご》やかな気持になるように

雨や
風に打たれ
かしこまっている蕾の
芝桜

風薫る　雨
芝桜の開花も遅れ

楽しみに
観に来た人々も
期待はずれ

六月になれば
パァーと
咲き乱れる

昨年より
広くなった
ピンクや白の新風
やがては
手入れした人々の笑顔
目の覚めるような美しさ
和《なご》やかな気持になるように

ふる里

心の中にあるふる里は
春になると　残雪をかき分けて
よく福寿草を近所の同い年の子等と
取りに行ったものだ

夏になると
七夕には　大川へ柳の木を
大きな子と一緒に切りに行った
夜になると　田んぼの蛙の声を
蚊帳《かや》の中で夢うつつに聞いたものだ

料金受取人払郵便

新宿局承認

1409

差出有効期間
2021年6月
30日まで
(切手不要)

郵便はがき

1 6 0-8 7 9 1

1 4 1

東京都新宿区新宿1－10－1

(株)文芸社

愛読者カード係 行

ふりがな お名前			明治 大正 昭和 平成	年生 歳
ふりがな ご住所	□□□-□□□□			性別 男・女
お電話 番 号	(書籍ご注文の際に必要です)	ご職業		
E-mail				
ご購読雑誌(複数可)		ご購読新聞	新聞	

最近読んでおもしろかった本や今後、とりあげてほしいテーマをお教えください。

ご自分の研究成果や経験、お考え等を出版してみたいというお気持ちはありますか。

ある　　ない　　内容・テーマ(　　　　　　　　　　　　　　　)

現在完成した作品をお持ちですか。

ある　　ない　　ジャンル・原稿量(　　　　　　　　　　　　　　　)

書　名				
お買上 書　店	都道 府県	市区 郡	書店名	書店
			ご購入日	年　月　日

本書をどこでお知りになりましたか?
1.書店店頭　2.知人にすすめられて　3.インターネット(サイト名　)
4.DMハガキ　5.広告、記事を見て(新聞、雑誌名　)

上の質問に関連して、ご購入の決め手となったのは?
1.タイトル　2.著者　3.内容　4.カバーデザイン　5.帯
その他ご自由にお書きください。
(　)

本書についてのご意見、ご感想をお聞かせください。
①内容について

②カバー、タイトル、帯について

弊社Webサイトからもご意見、ご感想をお寄せいただけます。

ご協力ありがとうございました。
※お寄せいただいたご意見、ご感想は新聞広告等で匿名にて使わせていただくことがあります。
※お客様の個人情報は、小社からの連絡のみに使用します。社外に提供することは一切ありません。

秋になると
わんぱくな男の子と女の子と
ぶどうを取りに行った
こくわも食べた
沢山食べると　おしりがかゆくなると
教えられながら……

冬になると
下の坂でがけ縁を直滑降に
度胸もよく滑ったものだ
ふる里の今の子はほとんどが
これらの遊びをする子はいないであろう
水銀灯が立ち
心の中のふる里は消え去った

庭のツツジ

ツツジ
レンギョ
ライラックの木
風に揺られ
日に照らされ
それぞれの
咲く時期を
感知し　待っている

黒い土
ツツジの赤紫色の花

レンギョの黄色い花が
競いあって
我が庭のカンバスに
美しく咲く

心待ちにしていた
ツツジの開花
赤紫色の花を
木々に付け
空に向かって伸びている

たった一本の植木鉢は

あなたはくちなしの花が咲いているのを
見たことがありましたか？

白っぽいけれど
青みがかったクリーム色の
くちなしの花を

とても清楚な感じ
ひっそりと咲きます
なにかしら　つつましげです

春に買ったくちなしの花
一本の木ですけれど　三つに分れていましたが
二つの枝は枯れてしまいました

一つの枝が残って
頑張ったのですね
青い葉が生き生きしています

連休

ドアを開けると
そこに　連休という休日が待っている
どこに行くあてもない休みが
沢山の思いをこめて待っている

洗たく　掃除　車の手入れ
いつでもできそうでいてできなかったこと
エトセトラ

別に連休というドアを開けて
掃除することにだけ休みを費やす

なんて　なんてつまらない

どこか車ででも行こうかと
地図を広げてみても
さて　行くあてもない

連休というドアを今日も一つ開けた

あと　三枚のドアが
どこ行くともなく待っている

音楽につられて

春が来て嬉しいな
歌でも口遊《くちずさ》みながら
歩こうか

音符が踊る
草木や鳥達のように
御《お》玉杓子《たまじゃくし》の球

音楽につられて
踊るよ
踊る
私の心の中も穏やかになるよ

クローバーの丘

かつて
土の道
車や馬橇《ばそり》が通っていた
緑の爽やかな日
私は思い出す

水田も沢山あり
今の国道三三四号線のそばには
川の細流《せせらぎ》があった
どじょう　八つ目　桜ますの魚等が
泳いでいた

私の好きな丘は
クローバー畑で国道のすぐ近く
友達と「幸せになるんだよ」と
四つ葉のクローバーを探しに
花の甘い香りが
あたり一面包み込んでいた

一〇〇〇メートル近くの藻琴山《もことやま》は
今でも変わりなく
堂々としているが
クローバーの丘は
甜菜《ビート》畑に変わってしまった

夏

-Summer-

初夏の風景

爽やかな風吹く
初夏
バスに乗って
そして汽車に乗って
北見まで出かける
道路のそばに
初夏の木々が生い茂る
道路から離れた所の木々は
濃い緑色
その前の方には
淡い明るい緑の木々

畑には
麦・ビート・ジャガイモ等が
植えられている

道路の両側は
まるでカンバスのように
緑色の濃淡が
美しく飾られている
私は久々に出かける
初夏の日に
目に飛び込んでくる
風景を心に
温かく温かく包む

母が愛した花は

南側のベランダの前に
そしてＦＦ式のストーブのそばに
置いてある鉢
直径三十五センチの円型

三十年以上前に
母が慰安旅行に行った時
いなせランドという植物園で
いただいてきた花

真赤に咲く

ハイビスカス
一日だけしか咲かないが
観る者　全ての人の
心を動かす花

母はせっせと手入れをしていた
今　二個咲いて
八個の蕾を付ける

母が愛した花　ハイビスカス
今　母は老人ホームに入り
家には居ないが
我が家を訪れる人々の心が
温かくなる日だった

詩とは未知数

詩というこぼれそうに
溢《あふ》れる言葉に満《み》ちていた時も
あった

日は経ち
色々な仕事に就き
バスで通った
車内からオホーツク海を見
木々の青さが
ほっと胸のつかえを
取り去ってくれた

今は休憩中と本を読み
それでも
題があまりでてこない
晴れた日　買い物へ行く
何かがよぎる

風を歌い
花を愛《め》で
雨の瑞々しさを知り
星の光に憧れを思う時
詩が湧き上がる

書き始めて三十年以上経つが
私にとって詩とは未知数だから

予感

あなたを思う心
夢の中では微笑《ほほえみ》を浮かべていた
楽しい一瞬の出来事
ふり向くのがいやで
前向きのままのあなたでいて欲しい

ときどき私に意地悪するあなた
過ぎ去ったと思っていたのに
まだまだあなたの近くに
存在する私

ふり向くのがいやで
夢の中のままでいて欲しいあなた
夢の中では次の日までに
消え去る

紫陽花の花があなた
心の中にキラキラ光るあなた
太陽がまぶしすぎて
今日もあなたを思う心
やがては　ウエディングドレスの
夢でもみるのだろう
そんな予感

調和

バスに揺られながら観る
夏の畑
白い花を付けたジャガイモ畑
黄色味帯びた麦畑
その奥の方には
深い緑色の針葉樹の木々
並んでいる

あたり一面
緑でおおわれている
作物によって

濃かったり
黄色がかったりして
夏の緑の畑は
秋の収穫までの
一時期
調和されている

調和されている
美しい夏の風景に
心ひかれるものがある

記憶

オホーツク海
潮のきつい香りが
鼻をつく
網走

夏のお祭りには
母の実家がある網走へ
泊まりがけで行った
11歳の頃

早朝

蒸気機関車の汽笛は
私を心地よく目覚めさせるのであった

網走駅から
発する蒸気機関車は
汽笛　ポーポーポー
黒ずんだ灰色の煙　もくもくと

懐かしい
優しい
そして淡い記憶
それぞれ
憧れへと導いてくれた

夏の空

温かい
清々しい風
夏生まれの私は
母の腕の中
抱かれて
薄ブルーの
夏の空を見たに違いないであろう
安心して

十七歳の頃
夏休みに

シーンとした部屋の窓から
薄ブルーの
夏の空を
仰向けに大の字になって見た
父や母の愛に育まれ
大きく成長した私

還暦を過ぎた今
老いた父母の為に
自分の成すべきこと
明るい夏の空に向かって
一日でも長く
生きててと
願うばかりの日々である

破船

夏の太陽の下
薄ブルーの空
相対する海の青

確か
私の四十代半ば頃まであった
破船がない
それまでは砂浜に横たわっていた
粗大ゴミとしか
映らなかったのか

バスに揺られながら
網走の高校に通った頃は
毎日　心地よく見ていた
砂浜に木造の破船
似合っていた

破船の思い出を
心の中に刻み込み
オホーツク海に浮かぶ漁船を
遠くに見ると
まるで
破船の元の姿のようだ

燈火《ともしび》

あなたの心の中に
子供がいます
たった一人で生きているあなた
寂しい事はないのでしょうか

たった一人の心の中には
一そうの小舟が浮いています

岸に届きたくても届かない
心の中の楽しさは
紫陽花《あじさい》の花のようには

心移りはしないのでしょうか

夜になるとあなたの部屋にも
燈火《あかり》がともります

けれどあなたの心の中には
私の燈火《あかり》がともっていますか

家路

爽やかな風
頬を伝う
海辺に押し返す波
温かい砂

破船が束の間の夏を
あくびしながら待っている

仕事の帰り
海辺に沿って
車が走る

いっ時のコーヒータイム
眠気を抑えて
家路を急ぐ

夏は　もう間近
私とあなたの
出会いの夏
互いに労う
身体の為に

秋

-Autumn-

長寿の為

低気圧が去って
薄暗い雲のある一日
秋の涼しい風が
私の頬を伝う

暑かった夏が
まるで嘘のように
次第に
涼しさを増す

父　九十歳

母　八十六歳
父・母も寒さには弱い
朝、暖めた居間で
一日　過ごす

やがて　夕暮れ
私は　三人分の夕食のおかずを
考え　作り始める
今夜は　マーボー豆腐

私も父・母のように
長生きできるよう
長寿の為

霧

私の心の中のように
朝の地面は　一面白い霧に
おおわれていました
通り抜けてくるのには　不安もあるし
大丈夫かなと思いましたが
少し行くとサァーと明るく
視界が広がり
初秋の畑が金色に色づいている
ところもあったのです
……霧……

去って行く過去
迎えくる未来
けれど　今　現在行く道のりに
何を目指して
何を愛していくか
確かに　心の隅には
その芽生えが　咲きかけているのに
冷たい雨が落ちてくる

心の隅にあるその蕾もいささか
戸惑い気味で
愛という大きな花を咲けずにいて
二人の心と二人の優しさが
永いノスタルジアの影を
　引き連れるのでしょうから……。

秋が好き

清々しい風
木々の色彩り
名ごり惜しそうな
秋の花

私は好きだ
爽やかな風吹く
秋が

時々
いじわるしたかのように

風は寒さと友達になり
私の肌を突き刺す

晴れる日を願っていても
雨は降るし
気まぐれ天気を
恨むこともある

十月一日
秋晴れです
少し風は
強いけれど
私は秋が好き
清々しい風があるから

冬

-Winter-

私とあなたと娘

青空の中
ただよう雲
私の心は
もう目標に向かって
歩き始めているのに
雲は
何かを企てているかのように
青空の邪魔をする

雲がそのことを自称するには
太陽があまりにも偉大すぎる

冬雲を押しのけ
悠然と陽を照らす

冬雲は
何かを企てているのではなく
自然現象で
雪を降らせたり
冬雨を降らせたりする

冬枯れた木々の間から見る
雲と空の青さは
何かしら
淡さを心に染みさせる

舞う

白い菊が咲いている
何も考えずに咲いている

見る白い菊
私はまるで
白い蝶のように
冬空へ
飛び上がる

舞い
踊る

白い菊は
やがて
寒い冬へと
暖かい春への
出発《たびだち》を待っている

冬の雨

けむたい煙のような雨
寒い冬
オホーツクの風に揺さぶられ
しとしとと　雨が降る

冬枯れた木々は
じっと寒さに耐え
りんとして庭先の
誇りを保っている

遠い山々は

雪の帽子をかぶり
いささか驚いたように
冬の雨に　とまどっている

繰り返される
雨と雪のメロディーは
人々の心に
自然の摂理《せつり》を
教えてくれているのかもしれない

夕暮れの中で

寒い夕暮れの中で私は見た
一人の少年がかけ出していくのを

寒い夕暮れの中で私は見た
閑散としたガソリンスタンドの明かりを

寒い夕暮れの中で私は見た
片手の不自由な老人が
リヤカーを引いて歩いていくのを

寒い夕暮れの中で

彼はかじかんだ手をこすり合わせて
あとわずかな労働のことを思っている

帰っていく家には誰も居ない
でも心の中には
きっと
私が知っている子供という光がいつも
輝いている
まるで朝日のように

散歩

ふわふわとした雪の下
きゅっきゅっと靴の音
固まった雪道に
靴のかかとと
雪のずれに
冷たい風が
頬を突き刺す

木々の間
小鳥の囀《さえず》り
心地よく楽しむ

ほんのわずかな時
車　行き交う
雪煙りを
残し去っていく

幾日も日を重ね
もくもくと歩く
雪ずれが
心の緊張感を
膨《ふく》らます

点滅

降りかかる雪
美しいなと思う
反面
道路の氷を覆う雪
つるっと滑る

吹雪になると
風から身を守り
雪と闘って道を
急ぎ足で歩く

車のスピードと
連なるライトの
交錯した点滅

激しい雪の中
車のライトが
不思議なほど
ほっとする
そんな淡い明かり

明日の晴天を祈って
ある一日も暮れていく
美しい雪景色が見られるよう
夢ごこちで眠るのだろう

雪が降る

あの藻琴山《もことやま》に
いつもの年のように
雪が降る
そして積もる
美しいシルエット
山に雪が降る

又　いつもの冬のように
淡い雪が降る
一人住まいの私は
雪かきが

雪の降った日の日課

父は他界し
母は老人ホーム
私は忘れ去られた小犬のように
一人寂しく夕飯をいただく

今日も元気で
一日過ごせたことに感謝し
次の日
仏壇に手を合わせる

我が子に

広い冬空
ブルーに少し白さが加わっている
おめでとう　10歳になりました
あなたが生まれたのは寒い冬

あなたは今日も一生懸命生きている
私たちの宝
そっと温めている
心の奥に

幸せをつかみとること
色々あるけれど
願っています
何かを　父と母は

表を着かざるより
もっと輝いて

その他

-Et Cetera-

青春の器

ほとばしりでる泉のように
青春のエネルギーは
尽きることなく燃える
ただ希望と自由を求めて
懐古と後悔を知らずして
地平線に昇る太陽のように
心臓はまっ赤に燃え
友らと肩をくみ
前進していく
ただ希望と自由を求めて
不安なくして青春とはいえず

けれども　青春の一ページを
祝う
ワイングラスで

大事にしてもらいたい

テレビの画面に映る
親が子を殺したと
平等に生まれたはずの赤子
成長して色々なものに興味を覚える

包食の時代
食べたかろう　その辺にある菓子等

高校生がパンを夕食までの
腹ごしらえに食べた
入っていた袋は　無関心に捨てられた

その高校生が捨てていった
袋
食べたのではないか
パンを
袋は包んで大事にされていたのに

子供の命と比べたら
天国と地獄の差だけれど
ゴミ箱に捨てて欲しい

子供も一人前になるまで
大切にして欲しい
たった一度の人生だから
子供の夢が叶うまでは

「あなたと私のあいだは……」

朝の交通ラッシュ
車が行きかう
前方にあなたの住むマンションが
橋を渡る度
かすんだ朝の空気の中
遥かな二人の希望が輪を描く

私の心から少し遠のく
あなたの心を呼び戻そうと
車のアクセルに力を入れ

あなたに近づく為、スピードを増す

去っていた昔を引きずって
二人の心を車に化して
少なくなったガソリンを
今日もまた
角のスタンドで給油する
それはあたかも
電話でつなぐ
二人の会話のごとく
たいせつな
ひとコマ

夢

きょうという日が　去っていく
限りない失望と
限りない夢を乗せて

まるで気球が
あてどもなくさまようように
ふたたび流れてくる時が
祝福された過去を　軽ゝと背負って
明日という希望を追いかけていく

ふと　雨上がりの空を見上げる

赤・青・紫……
とかかる七色の虹の下
願いをかけている自分に気がつき
信じたいと思った　幸せな出会いを
何が夢なのかと　問う前に

人間とは

固いごつごつした手
柔らかい手
そっと素手で
触ってみると
あたたかい

同じ赤い血が
身体中
かけ巡っている

少女時代に読んだ本に

「同じ赤い血が流れているのに
どうして
黒人と白人は
差別されなければ
ならないんだろう」と
そのことが
心に深く残っていた

生きている人
それぞれ違った環境で
生きている
あたたかい心で
人と接していきたい
死と向い合う
その最期まで

いくばくかの言葉

ただ一つの言葉
人生にとって
何かの変化をもたらすこともある
さりげなく心の中に受けとめ
やがては忘れる

一つの行いとして
初めて言われた言葉は
思い出として
砂をかむような苦い気持で
心の中にとどめてきた

可愛いがっていた小犬は
主人の言うことを聞くことができずに
放り出された

初めて出会う
放り出された小犬は
見知らぬ人達のそばを
一人さみしく過ぎ去って行く

月日が経ち
少し心の空間に
やすらぎを求めている時
放り出した犬を　懐しく思い
私は未来へ向かって
新しい出会いと言葉を待っている

生への証《あかし》

私は目覚める
朝よ
おまえは
何をもくろんでいるのか
何故
こんなにも早く
目覚めさせるのか

朝よ
おまえは
何を

させようとしているのか

朝よ
おまえのエネルギーが
私の身体に
脈々と波打ってくる

朝よ
確かに
おまえの存在は
偉大だ
今日も又
おまえの脈打つ
鼓動が
私に何かをさせている

生きて行く

生きて行く　一人の命として
あなたは生まれた
誰のためにでもなく
あなたが　自分自身のために
生きて行く

一匹の犬がのら犬として
生を受けた
誰のせいでもなく
生を受けたのである

生きて行くのに
出会いがあり　別れがある

だからこそ　一人一人の出会いを
喜んで生きて行ける人は　幸せな人

生きて行くのに　不幸を幸せに
悲しみを　楽しさに変えて行く
力を持てる人になれる
誰でもが
もし　悲しい日が続いたなら
小さな心のポケットから広げてください
生と
愛と
希望と友情を

前進

かつて　先人の歩んできた道
間違いや失敗も多々あった
栄光の道もあった

現代の人は
宇宙へ行く
外国へ行く
国内の遠い所まで行く

私達の進む道
二十一世紀の平和の為に

一直線に歩んで行こう
希望と勇気と
人を愛する心を持って

もうくじけてはいけない
国と国との争いも避けて
心から笑い合える
心から尊敬できる人々に
感謝しつつ
進んでいこう

それは

料理に使われる
その白さは美しい
野菜サラダにでもしましょうか

朝食に目玉焼き
昼食にオムレツ

三時のおやつにゆで卵
食べる時は　自由自在

人間にとっては大切なもの

「私はあなた達の為にあるの」
食卓を賑わす
一羽の鳥が生みだすもの

宝くじと占い

私は宝くじを買うのを
趣味としている
主にスクラッチくじ
今までに二等
五万円を二回当たっている

一回目は北見で
まぐれだろうと思っていた
そして近くの宝くじ売り場は
網走にもあるが
北見でしか当たらないものだと

思っていた
今から五年前の一月のこと
スクラッチくじである

二回目は網走で買い物の帰り
スクラッチくじ
亡れもしない
平成三十年四月二十一日土曜日
高島易断のこよみの本で
私の運勢は二重丸
新聞の二世・易八大のきょうの運勢
金運はひとつ丸
吉方位は北東
いずれも友引

私はその日まで吉方位は
あまり関係ないと思っていたが
買う宝くじ売り場は
偶然にも
北向きだった
それから更に宝くじを
ケズるのが楽しくなった

詩集を発行するにあたって

私が詩を本格的に書き始めて四十年になろうとしている。
その間、約三十年近く、北見の詩のサークル「陽だまりの詩」で詩を発表させていただいた。併せて二〇〇五年から北海道詩人協会で詩を発表させていただいている。又、北海道新聞社の日曜文芸の欄に投稿し、選者の方々の目にも触れさせていただいた。

この詩集を出すにあたって、これまでペンネームを、のがわあきこ、のがわのりこ、豊島望、本名の豊島紀子として書いてきましたが、のがわのりこの名、一本に絞ってまとめさせていただきました。
この詩集を読んでくださる皆様、ありがとうございます。

のがわ　のりこ

著者プロフィール

のがわ のりこ

本名・豊島紀子
昭和26年7月23日生まれ
北海道出身
北海道網走南ヶ丘高等学校卒業
函館保育専門学院（夜間）卒業

（所属）
北海道詩人協会
東藻琴文芸創作広場

（主な経歴）
「霧」「記憶」「燈火《ともしび》」「詩とは未知数」が北海道新聞に載る

（著書）
『前進』（平成25年刊行）
『四季彩』（平成28年刊行）
『予感』（令和元年刊行）

和《なご》やかな気持になるように

2020年8月1日　初版第1刷発行

著　者　のがわ のりこ
発行者　瓜谷 綱延
発行所　株式会社文芸社
〒160-0022　東京都新宿区新宿1－10－1
電話　03-5369-3060（代表）
03-5369-2299（販売）

印刷所　神谷印刷株式会社

ISBN978-4-286-21751-2